大偵探
福爾摩斯

—— 兇手的倒影 ——

U0053525

SHERLOCK HOLMES

大偵探
福爾摩斯
兇手的倒影

狐格森遇襲 3

奇怪的爆竊案 9

身陷囹圄 18

一張破紙片 29

狐格森的證言 43

紙鎮與詩集 63

赫寧翰大宅 74

破紙片的秘密 94

水落石出 124

福爾摩斯小魔術 — 神奇的串連！ ...... 封底裏

狐格森遇襲

　　狐格森坐在酒店大堂的沙發上，手上拿着報紙，佯裝在看報。他瞄了一下放在前台旁邊的古老大鐘，心裏嘀咕：「已是晚上**10時半**了，**皮里斯**那傢伙為什麼還沒有任何動靜呢？」想到這裏，又瞄了一下正在前台用抹布抹着櫃台的接待員。

狐格森記得，那個高高瘦瘦的接待員名叫**保羅**，昨天住進這間酒店時，就是他為自己辦理住房手續的。

　　為了避免打草驚蛇，狐格森登記的時候用了假名，也沒有表明警探的身份。其實，他這次

來到薩里郡的賴蓋特鎮，也是請假來的。一個休班的探員，也不適宜使用蘇格蘭場警探的名義進行調查。不過，他知道皮里斯這傢伙並不好惹，為了防身和可以在有需要時表明身份，他帶來了配槍和警章。

噠噠噠噠，一陣腳步聲從樓梯傳來。狐格森連忙舉高報紙遮住了自己的臉，然後從報紙邊露出兩隻眼睛，悄悄地往前方的樓梯看去，只見一個**又瘦又矮**的男人踏着急促的步伐，從樓梯走下來。

「哼！終於現身了嗎？昨天晚上跟丟了，今晚一定要**盯**死你！」狐格森心中暗罵。

那人小心地左右看了看，但看來並沒有注意到沙發上的狐格森。他走到 **前台** 旁邊後，停下來看了一下 **古老大鐘**，然後，又逕自往門口走去。

待那人推門出去後，狐格森連忙站起來，急步跟着出去了。

那人快步走過酒店外面的大街後，轉進了一條 **橫街**。狐格森拉一拉頭上的 **鴨舌帽**，連忙加快腳步跟上。

橫街上**空無一人**，這個晚上雖然沒有月色，但幸好微弱的街燈反照在石板路上，可讓狐格森看到皮里斯的身影仍在前面。

突然，皮里斯加快了腳步，他一個閃身，竄進了連接橫街的一條**小巷**。狐格森大驚，他記得昨晚也是這樣看丟了皮里斯的，於是馬上快步追上去。

他跑到橫街的轉角處時，「**嗖**」的一聲，一個手影出其不意地襲來，「**啪**」的一下，正好打中他的面頰。他上半身**晃了晃**，然後就倒在地上昏過去了。

奇怪的爆竊案

　　福爾摩斯為了追捕一個逃犯，獨自在法國長駐了兩個月，最後雖然把逃犯拘捕了，但**不眠不休**的工作也讓他累得病了。回到倫敦後，華生為了讓老搭檔靜心休養，**半騙半哄**地把工作狂的福爾摩斯拉來了薩里郡的賴蓋特鎮，住進了退休軍官**海特上校**的別墅中。

　　海特上校在阿富汗打仗時受過傷，全靠當時是軍醫的華生把他從**鬼門關**中救回來，為

了答謝這個救命恩人，他一直想邀請華生來度假。這次華生與福爾摩斯同來，海特上校更是興奮莫名，因為他也知道福爾摩斯是倫敦**鼎鼎大名**的私家偵探，早就想與他交個朋友了。

「昨晚抵達這裏時，**月色不佳**，看不清楚這裏的風景，想不到今早起來，從二樓的窗口往外一看，原來景色這麼美麗。」華生放下刀叉，抹乾淨嘴巴後說。

「對，風景實在漂亮，這頓早餐也好吃，非常感謝你的接待。」福爾摩斯對海特上校說。

「哈哈哈，聽到你們的稱讚，我就安心了。」海特上校很高興，「來、來、來！去我的**槍房**看看，我有很多**藏品**要讓福爾摩斯先生品評一下。」他從華生口中得知，我們的大偵探對槍械頗有研究。

說着，海特先生拉着福爾摩斯和華生，走進了他的槍械室：「你們看，這裏除了各式各樣的長槍和短槍外，還有從外地採購回來的東方武器呢。」

福爾摩斯精神為之一振，說：「有好多名槍呢！」

「哈哈哈，我把賺到的錢都花在它們身上了。」海特上校說着，好像突然想起什麼似的，撿起一枝手槍說，「噢，對了，我得拿一枝槍放在睡房中，以防萬一。」

「啊？」華生感到疑惑，「以防萬一？是什麼緣故？」

「本地有一個富豪叫阿克頓，早兩天有小偷闖進他的家爆竊，書房被翻得亂七八糟，幸好損失並不嚴重。」

「抓不到犯人嗎?」華生問。

「抓不到,所以才要防範。」

「賊人沒留下什麼 線索 嗎?」

福爾摩斯問。華生知道,老

搭檔的 職業病 又發作了。

「一點線索也沒有。」上校笑道,

「不過,這種 鼠竊狗盜 的小案子不用你勞心,

警方會處理的了。」

「對、對、對。」華生說,「你是來這裏休

養的,別想太多有關查案的事了。」

「是啊。」海特上校明白華生的擔心,連忙

和應,「據阿克頓老先生說,賊人只是從他的書

房中偷走了一本絕版詩集、兩個銀製的燭

台、一個象牙造的紙鎮、一個氣壓

計和一卷用來捆東西的幼繩子。」

然而，這幾句說話好像反而刺激了福爾摩斯的神經，他想了想道：「那個小偷好特別呢，怎會偷那些東西呢？」

「看來他找不到值錢的，就順手偷一些東西吧。」海特上校聳聳肩。

華生恐怕老搭檔又會一頭栽進案件之中，慌忙說：「哎呀，你不要多想了。這個世界無奇不有，說不定那個小偷是個怪人。」

就在這時，一個僕人氣急敗壞地闖進來叫道：「不得了！不得了！赫寧翰家出事了！」

上校大吃一驚，問道：「難道又有小偷爆竊？」

「不！這次是兇殺！」

「什麼？誰被殺了？不會

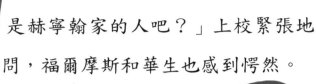

是赫寧翰家的人吧？」上校緊張地問，福爾摩斯和華生也感到愕然。

「不，死者身份不明，看來不是本地人，昨天晚上**12點**前後，赫寧翰家的兒子**亞歷**，說在書房看書時聽到一下槍聲，看到一個人倒在前院地上，另一個人則**匆匆忙忙**地逃走了。」僕人道。

「什麼？」福爾摩斯眼裏閃過一下**疑惑**，「那個叫亞歷的人真的看到有人逃走？」

「這個嘛……我不敢肯定。」僕人有點猶豫，「我也是聽相熟的巡警說的。」

「那麼，抓到兇手了嗎？」上校問。

「在門羅酒店抓到了一個疑犯，據說他死不認罪，還口口聲聲說自己是蘇格蘭場的警探，但又拿不出警章。」

「啊？知道他叫什麼名字嗎？」福爾摩斯問。

「好像叫狐什麼的……」

「什麼？」華生赫然一驚。

「難道他叫狐格森？」福爾摩斯問。

「對、對、對，他就是叫狐格森。」

好像叫狐什麼的……

什麼？

「怎會是他呢？」福爾摩斯和華生面面相覷。

「你們聽過他的名字嗎？」海特上校問。

「何止聽過，他還是我們的好朋友啊。」福爾摩斯答。

「啊……」聞言，海特上校呆了半晌，然後才懂得問道，「你們要不要去警局看看？」

「當然要去看。」福爾摩斯眉頭一皺，「狐格森不可能殺人，當中必定牽涉重大案情。」

華生也領首道：「對，雖然這個假期看來要泡湯了，但好朋友身陷困境，豈能袖手旁觀。我們必須幫他找出真相，還他一個清白。」

「上校，勞煩你帶路了。」福爾摩斯的眼睛閃爍着擔憂又興奮的光芒，他已急不及待地站起來要走。

身陷囹圄

　　「啊，怎麼你們也來了？」在警局門口，李大猩碰到福爾摩斯和華生，不禁嚇了一跳。

　　「我們剛好來這個小鎮度假，怎料聽到狐格森被捕的消息，於是馬上趕過來看看。」福爾摩斯說。

　　「原來如此，我是在半夜

收到總部通知趕來的。」李大猩**撓撓頭**說，「真不知道狐格森那傢伙搞什麼鬼，他早兩天還對我說要請幾天假**回鄉探親**，怎會來了這裏，還成為了兇殺案的疑犯。」

　　「看來當中有些誤會，我們還是快進去**問個究竟**吧。」福爾摩斯說完，就在海特上校的帶領下，與眾人走進了警察局。

　　這個警察局的局長是個大胖子，名叫**高斯**，他似乎對李大猩的到來有點不快，眼神中還充滿了**警戒**。

「我是蘇格蘭場派來的李大猩，狐格森是我的**老搭檔**，我可以證明他的身份。」李大猩馬上向高斯自我介紹。

「哼！」高斯局長一臉不屑地說，「**天子犯法與庶民同罪**，就算證明疑犯狐格森是蘇格蘭場的警探，我們也得**秉公辦理**，絕不能徇私。」

華生心想：「這個局長似乎想先來個**下馬威**，以免讓調查的主導權落入李大猩手中呢。」這是地方警察

常見的態度，一般來說，他們都不喜歡倫敦派來的人說三道四。

李大猩聞言，氣得漲紅了臉，正要發作時，福爾摩斯馬上搶先一步，陪着笑臉說：「局長

說得很對，疑犯就是疑犯，必須一視同仁。不過，為了讓我們回總局有所交代，請問可以把調查結果告訴我們嗎？」

福爾摩斯的低聲下氣奏效了，高斯局長繃緊的面容稍為放鬆下來，但他仍裝腔作勢似

的冷冷地答道：「**所有證據**都顯示，這個**狐格森**就是兇手！」

「啊！」眾人都感到驚訝。

「願聞其詳。」福爾摩斯說。

高斯局長清了清喉嚨，**正經八百**地道出調查經過。

昨夜**12時15分**左右，赫寧翰家的少爺亞歷跑來報案，說他在書房**看書**時，聽到一下槍聲，當透過**窗戶**往外看時，看到一個人倒在地

上，有一個**黑影**則飛奔逃去。他慌忙跑出去
看，但倒在地上的人已死了。

　　接報後，當值的警員馬上走去調查，他們
在死者的身上發現了三樣東西——一個象牙**紙
鎮**、一本**詩集**和一條**鑰匙**。

紙鎮和詩集上都有**阿克頓**的名字，顯然是阿克頓家的**失物**，因為他家的書房前天被小偷爆竊，五件失竊物之中就包含了紙鎮和詩集。由此推斷，死者肯定與阿克頓家的失竊案有關。

至於那條鑰匙，由於鑰匙上繫着一個號碼牌，牌上還刻了**門羅酒店**的名字，叫人一看就知道這是酒店客房的鑰匙。

我們連夜趕到酒店調查，一個名叫保羅的前台接待員證實死者確實是酒店的客人，他登記入住的名字叫**馬根**。保羅記得這位馬根先生於晚上**11時15分**左右離開，而有一位叫**胡思**的客人卻好像一直監視着他似的，也馬上跟着出去了。

最叫保羅感到奇怪的是，在兩人離開之

後，他發現前台櫃台的花瓶後放着<u>一封信</u>。他在五分鐘之前還抹過櫃台，當時並沒看到有任何東西。他拿起信看看，只見信封上寫着「*To：Police*」。他不以為意，順手把信夾到巡警的簽到簿中，就把它忘記了。不過，當我們出現後，他馬上就記起那封信。

　　打開信一看，我們才知道那是一封**告密信**，指爆竊阿克頓家的人就住在28號房。無獨有偶，保羅告訴我們，那個*鬼鬼祟祟*地跟蹤死者離開酒店的客人胡思，正是住在28號房！

保羅還說，那位胡思先生在**12時15分**左右回到酒店。不過，他有點*衣履不整*，而且臉上還**腫**了一塊。保羅問他怎麼了，他說沒什麼事，只是路黑，不小心摔了一跤。

這個證言引起我們疑心，於是立即走上28號房找人，當場就把疑犯逮住了。不過，他**口口聲聲**說是蘇格蘭場的警探，還說胡思是他的**化名**，狐格森才是他的真名。我問他來這個小鎮幹什麼，他說是來查案的，正在跟蹤一個叫皮里斯的**爆竊犯**。

我叫他出示**警章**，他卻說不見了。這麼一來，我們就不能輕信他的說話了，於是搜了一下他的房間，結果在他的衣櫥內搜出了三件阿克頓家的失竊物，它們分別是一對銀製的**燭**

台、一個**氣壓計**和一卷用來捆東西的**幼繩子**。

可是，他說不知道為何衣櫥裏有那些東西，更不知道阿克頓家失竊的事。我看他長得**蛇頭鼠眼**，又化名入住酒店，怎會相信他的說話，而且**人贓並獲**，當然把他拘捕了。

更重要的是，我們檢驗了他臉上的**傷痕**，竟然與那個在死者身上找到的紙鎮非常吻合。很明顯，他的傷痕是被紙鎮**撞擊**而造成的。

但事情還沒有完結，由於兇案現場太黑，驗屍官把死者抬回來後再次仔細檢驗，最後還發現他手上握着一張**破紙片**。

一張破紙片

「一張破紙片？」福爾摩斯問。

「對，就是這張。」胖子局長從**檔案夾**中取出一張紙片遞過去。

福爾摩斯接過紙片，一眼就看出那是從一張紙撕下來的**一角**，上面還寫着：

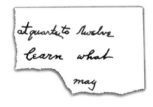

at quarter to twelve
learn what
may

「*at quarter to twelve* 當然是指**時間**，死者按字條的指示去到赫寧翰家與人會面，結果在**11時45分**遇害。」胖子局長說。

「知道是誰寫的字條嗎？」華生問。

「這還用說，當然是狐格森寫的囉。」胖子局長想也不想就答道，「他寫信約**皮里斯**外出，然後找機會把他殺死！死者在赫寧翰家前院**遇害的時間**，正好和紙片上寫的一樣。」

「給我看看。」李大猩連忙奪過破紙片細看，「這不像狐格森的字，他的**筆跡**不是這樣。」

「嘿嘿嘿，狐格森也說紙上的字不是他寫的。」胖子局長說，「他是蘇格蘭場的警探，知道筆跡會**暴露身份**，當然不會笨得用平常的筆跡寫信給死者。」

「難道你從破紙片上的**筆跡**看出了什麼？」福爾摩斯問道。

「這麼簡單的分別也看不出來嗎？還以為倫敦來的人有什麼了不起。」胖子局長**語帶輕蔑**地說，「你們看，字條上的『*quarter*』不是寫得很奇怪嗎？**它好像故意擠在『*at*』與『*to*』的中間，好不自然啊**。這證明寫信人在執筆時刻意改變平常寫字的方法，所以才會寫成這樣。」

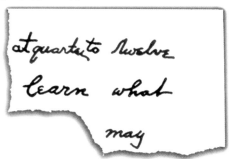

「但這也不能作為懷疑狐格森的**證據**呀！」李大猩高聲反駁。

「哼！不懷疑他懷疑誰？他是疑犯，當然首先要懷疑他！你們可以把這破字條帶回倫敦，讓**筆跡專家**鑑定一下，我的推論不會錯。」胖子局長**毫不示弱**。

t quarter to twelve

learn what

may

「那麼，紙片上的『*learn what*』和『*may*』又是指什麼呢？」福爾摩斯問。

胖子局長不屑一顧似的說：「我問過狐格森了，他不肯說。」

「這破紙片只是一張紙的一角，那麼**餘下的部分**呢？找到了沒有？」海特上校也按捺不住，插嘴問道。

「他連**配槍**也可以丟棄，又怎會蠢得保留餘下的部分。」

「丟棄配槍？什麼意思？」福爾摩斯緊張地

問。

「我還沒告訴你們嗎？」胖子局長故弄玄虛，「今早有個釣魚翁來報，他說昨晚12時左右在河邊釣夜魚時，聽到『噗咚』一聲響起，然後河面泛起了一陣漣漪，又看到一個人影在岸邊閃過。他當時不以為意，心想可能有人在夜裏丟垃圾，可是當知道赫寧翰家發生兇殺案後，覺得事態不尋常，於是馬上來通知我們。因為，赫寧翰家距離那條小河只有十多分鐘的路程。」

「那麼，你們在河裏打撈到什麼東西嗎？」福爾摩斯問。

「這還用說嗎？」高斯局長不可一世地說，「我們打撈到一枝手槍，還發現手槍少了一發子彈。」

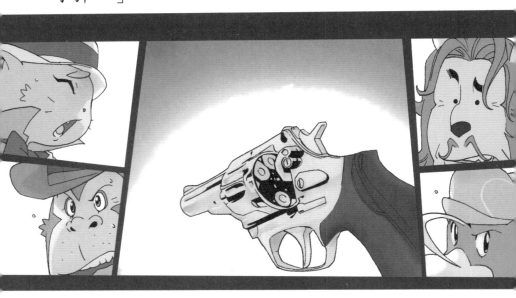

「啊──」各人都很驚訝。

「難道那就是殺人兇器？」福爾摩斯趕緊問。

「沒錯，已檢驗過了。死者皮里斯身上的子彈正是來自那把手槍。」

李大猩不安地問：「那手槍不會是狐格森的吧？」

「嘿嘿嘿，非常不幸，你猜對了。」高斯局長幸災樂禍似的道，「我們循例把槍交給那個狐格森看，本來以為他又會一口否認，誰料他這次竟然直認不諱，說那是他的配槍。」

「怎可能？」李大猩不敢相信自己的耳朵。

「不僅如此，狐格森往返酒店和行兇的時間也很吻合。」胖子局長說着，在一張紙上繪

了一幅簡單的地圖，「由門羅酒店走去兇案現場約需**30分鐘**，來回就是一個小時。狐格森離開酒店時是**11時15分**，回到酒店時是**12時15分**，正好一個小時。此外，發現手槍的小河位於兇案現場與酒店的中間，是狐格森行兇後的<u>必經之地</u>，他把手槍順手丟到河裏去也很合理。」

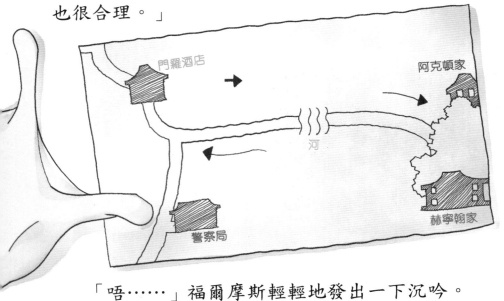

「唔……」福爾摩斯輕輕地發出一下沉吟。

華生往他瞥了一眼，只見老搭檔**眉頭緊鎖**。

他知道，這案子對大偵探來說也**非常棘手**，因為所有不利的證據皆指向狐格森，要為他**翻案**並不容易。

「對了，你剛才說那個死者叫皮什麼？」李大猩忽然想起什麼似的，向胖子局長問道。

「叫**皮里斯**。」胖子局長說，「他在酒店入住時用馬根的名字登記，但狐格森指他的**真名**其實叫皮里斯。不過，我們還未能核實他的身份。」

「皮里斯⋯⋯皮里斯⋯⋯」李大猩喃喃自語，「這個名字好耳熟⋯⋯好像在什麼地方聽過⋯⋯」

突然，他抬起頭來說：「啊，我記起了！他是一個神出鬼沒的爆竊專家，專門幫人家偷東西。狐格森一直在追查他，可惜總是沒有證據把他捉拿歸案。」

「你們不是一起查案的嗎？狐格森這次怎會單獨行動？」福爾摩斯感到奇怪。

「哎呀，你有所不知了。」李大猩說，「皮里斯的案子不是我們負責的，狐格森只是自己私下調查。我估計，他這次也是請假來調查皮里斯的。」

「他為什麼要私下調查？」海特上校禁不住好奇地問。

「因為他和皮里斯有一段不尋常的**恩怨**。」

「什麼？」眾人大感詫異。

「狐格森在**警察學堂**時有一個好朋友叫格利登，他在一次追捕皮里斯時，失足從天台墮下跌死了。」李大猩歎了一口氣說，「狐格森一直認為是皮里斯**害死**格利登的，所以非常在意皮里斯的動向，一有機會就私下對他展開調查。」

聞言，胖子局長**如獲至寶**似的眼前一亮：「原來如此，本來一直未能查出的殺人動機，現在終於真相大白。狐格森殺皮里斯是**為友報仇**！」

「不！不！不！」李大猩慌忙否定，「狐格森雖然痛恨皮里斯，但他只是想把他**繩之以法**，絕不會把他殺了。」

「**嘿嘿嘿**，你怎知道狐格森不會殺人？你沒聽過嗎？仇恨會令人失去理性。」胖子局長冷笑道。

「他是我的**老搭檔**，我知道他不會失去理性！他不是這種人！」李大猩激動地**反駁**。

「呵呵呵，是嗎？」胖子局長故意嘲弄，「看你激動的樣子，似乎已失去了**理性**呢，還夠膽說自己的老搭檔不會失去理性，一點說服力也沒有。」

「豈有此理！」李大猩氣得**臉紅耳熱**。

胖子局長看也不看李大猩，只是**反起白眼**說：「證據擺在眼前，他殺人是鐵一般的事實！你

的搭檔死定了！」

「**你！**」李大猩大怒，雙拳握得緊緊的，
看來要打人了。

「**少安毋躁！**」福爾摩斯連忙制止李大猩，並轉向局長道，「我們可以看望一下狐格森嗎？他的確有重大嫌疑，但我們也該聽聽他的**說辭**。」

「沒問題。」胖子局長裝着**大公無私**似的說，「我們這兒**按規矩辦事**，你們可以會面30分鐘。記住，多一秒也不行！」

狐格森的證言

在一個巡警的帶領下，福爾摩斯等人來到囚禁狐格森的囚室外面，他們通過囚室的鐵柵，看到**憔悴不堪**的狐格森**瑟縮**在一角，完全沒有注意到他們的到來。

「**狐格森！**」李大猩看到老搭檔這副模樣，不禁痛心地叫道。

「**啊！李──**」狐格森抬起頭來，臉上露出驚訝的表情。看來，他一直只在等待李大猩的到來，大概沒想到福爾摩斯和華生也會出現在自己眼前吧。

「狐格森！有我在，你不用怕，我一定會救

你出去的！」李大猩抓住鐵柵激動地說，「福爾摩斯和華生剛好在這個小鎮度假，有他們幫助，一定能為你**洗脫罪名**的！」

　　狐格森聽到李大猩這麼說，感動得全身**顫抖**，幾乎掉下眼淚來。華生知道，這對蘇格蘭場的**活寶貝**平時雖然經常鬥嘴，又喜歡為了爭功而互**搶風頭**，但骨子裏其實是一對**肝膽相照**的好搭檔，他們為了拯救對方，都不惜**兩肋插刀**。

　　「事不宜遲，我們的探訪時間只有30分鐘，你快講講事發的經過吧。」福爾摩斯向狐格森催促道。

PM 11:15

PM 11:25

PM 11:50

「是的。」狐格森點點頭，他抖擻了一下精神說，「事情是這樣的，我昨晚11時15分左右從酒店跟蹤皮里斯外出，走了約10分鐘左右，在一條小巷中被人用硬物打暈了，醒來時發覺自己躺在小巷的暗角，看一看手錶，當時已是11時50分。」

「這麼說，你昏迷了大約半個小時。」福爾摩斯問，「襲擊你的人是皮里斯嗎？」

「我當時怕讓皮里斯走丟了，追得很急，在

拐彎時還未看清前方,一件硬物就打過來,正好打中我的面頰。我眼前一黑,就昏過去了。不過,我知道那是皮里斯,除了他之外,沒有人會無故襲擊我。」

「會不會有人想打暈你行劫呢?」華生問。

「不可能。」海特上校馬上出言否定,「這個小鎮的治安很好,除了這次的爆竊案和殺人案外,這幾年來從沒發生過什麼案件。」

「對,我也認為這不是劫案,因為我醒來後,發覺除了手槍和警章之外,並沒有失去財物。」

「這麼說來,除了皮里斯之外,確實難以想像還有什麼人會襲擊你呢。」福爾摩斯說。

「然後呢?你醒來之後怎麼了?」李大猩問。

「我醒來後，覺得頭很痛，只好原路返回酒店。」

「據酒店前台的接待員說，你在**12時15分**回到酒店，沒錯嗎？」福爾摩斯問。

「是的，我回到酒店時，看到大堂的**古老大鐘**，時間正是12時15

分。」狐格森說，「之後，我回到房間，用濕毛巾敷着面頰上的**瘀腫**，躺在床上休息。」

「你失了配槍和警章，竟然不馬上去報警，還**大模大樣**地上床睡覺去？你也實在太糊塗了！」李大猩罵道。

「這……」狐格森**哭喪着臉**說，「我……私下查案，還丟

了配槍和警章，實在⋯⋯太丟臉了，所以⋯⋯」

「所以還想**隱瞞**嗎？」李大猩再罵，「這種事情怎會隱瞞得了？笨蛋！」

「不、不、不，我不是想隱瞞，只是想冷靜一下，想想可以用什麼方法奪回失槍和警章。」狐格森**誠惶誠恐**地說。

「可是，你還未想到方法時，警察已闖進你的房間，是嗎？」福爾摩斯問。

「是的，我在床上躺了大約一個小時，就突然有幾個**警察**闖進來了。」狐格森說，「我雖然

立即表明身份，但他們還是搜查了我的房間，還說在衣櫥中找到一些**失竊物**，證明我有盜竊和殺人的嫌疑，馬上就把我拘捕了。」

「對了，那胖子局長說在河中打撈到一枝手槍，那真是你的**配槍**嗎？」李大猩問。

「是。」

「哎呀，這可糟糕了。」李大猩焦急地說，「皮里斯就是被你的手槍打死的，這個**證物**已

足可把你判刑啊！」

華生也憂心忡忡地說：「李大猩說得對，你雖然說被人偷了手槍，可是卻沒有人可以證明這一點，這對你非常不利。」

「那怎麼辦？」狐格森無助地看看李大猩，又看看福爾摩斯，期待着大偵探的回答。

「很棘手。」福爾摩斯對狐格森說，「不過，也並非所有事情都對你不利。」

「啊？什麼意思？」李大猩眼中燃起希望。

「意思很簡單，如果皮里斯不是狐格森殺的，那麼誰是兇手呢？他的殺人動機又是什麼？」

「可是皮里斯已死了，找誰問啊？」李大猩失望地說。

「嘿嘿嘿，問他呀。」福爾摩斯指着鐵

柵後的狐格森。

「問我？我怎會知道？」狐格森感到愕然。

「你當然知道。」福爾摩斯**別有意味**地一笑，「你老遠從倫敦跟蹤皮里斯來到這個小鎮，一定掌握了他來此地的**目的**，而這個目的必然與他的死有關！」

狐格森搖搖頭，說：「其實我所知的也不多，只是打聽到黑道中介人**安妮·莫瑞森**曾找過皮里斯，又查得皮里斯在這個小鎮的門羅酒店訂了房間。於是，我就跟蹤來了。」

「**黑道中介人**安妮·莫瑞森？」福爾摩斯眼底閃過一下銳利的光芒，「就是那個專門為顧客介紹專業犯罪者的**蛇蠍美人**？」

「對，就是她。」狐格森說。

「皮里斯的專業是**爆竊**……」福爾摩斯想了想，「這麼說來，是有人委託安妮‧莫瑞森偷東西，於是她就去找皮里斯──」

「啊！我明白了，她推介皮里斯給那個**委託人**，並來這個小鎮進行爆竊！」李大猩搶道。

「有道理，我估計爆竊目標就是**阿克頓家**。」華生道，「從皮里斯身上找到的**紙鎮**和**詩集**可證明這一點。」

「可是，在狐格森房間的衣櫥裏也找到三件

失物呀。這又怎樣解釋呢？」海特上校提出質疑。

「這個很易解釋。」福爾摩斯道，「從酒店前台收到那封給警方的**告密信**就可知道，這只是皮里斯**插贓嫁禍**的小把戲罷了。」

「為什麼這樣說呢？」上校問。

「因為從時間上推斷，那封告密信幾乎肯定是皮里斯寫的。」福爾摩斯說，「酒店前台的接待員不是說了嗎？他是在皮里斯經過**前台**並離開酒店後，才在**櫃台**上發現那封信的。

「啊，我記起來了。」狐格森回憶道，「皮

54

里斯經過前台時曾經停下來看了一下旁邊的**古老大鐘**，那封告密信一定是那個時候放下的。」

「告密信既然是他寫的，那麼，**插贓嫁禍**的也肯定是他。否則，他向警察告密也就沒有任何意義了。」福爾摩斯說，「當然，在此之前，他早已察覺被你**跟蹤**，所以才會躲在小巷暗處**伏擊**。這樣一來可以擺脫跟蹤，二來可以奪去你身上的警章和配槍，令你無法馬上證明警探的身份。那麼，他就可趁你被拘留時**逃之夭夭**了。」

「哎呀，說來說去，繞了這麼一個大圈子，還是什麼用處也沒有啊。」李大猩不耐煩地說。

「嘿嘿嘿，繞這個**大圈子**可不是白費的，

當中其實隱藏了對狐格森有利的線索。」

「什麼線索？」華生問。

「還不明白嗎？」福爾摩斯說，「皮里斯插贓嫁禍和伏擊狐格森，目的就是為了爭取時間逃走，可是，他沒有馬上離開，反而跑去赫寧翰家的前院，究竟是為了什麼呢？」

海特上校想了想，說：「會不會又去爆竊？他在阿克頓家沒偷得什麼，這樣空手而回的話會虧大本，於是就在離開前跑去赫寧翰家碰碰運氣，看看能否偷點值錢的東西。要知道，這個小鎮除了阿克頓家外，就要數赫寧翰家最有錢了。」

「不可能。」福爾摩斯擺擺手說，「與一般的小偷不同，皮里斯是接受委託才會出動的專業竊匪，這種人絕不會即興地犯案。他去赫寧

翰家必然別有目的。」

「唔……」李大猩說，「有道理，但他的目的是什麼呢？」

「這正是我們要調查的。」福爾摩斯說，「不過，他應該是**應約**與人會面，那張寫着時間『*at quarter to twelve*』的破紙片證明了這一點。」

「而那個與他會面的人就是**兇手**！」李大猩說，「但那個人是誰呢？」

「現在還不知道。」福爾摩斯說，「不過，我已可以推論出那個人與皮里斯的**關係**。」

「啊？不可能吧？單憑剛才的線索？」海特上校**不敢置信**。

「對，剛才的線索已很足夠。」福爾摩斯**胸有成竹**地說出以下幾點。

① 皮里斯應約與那人會面，證明兩人互相知道**對方的存在**。

② 皮里斯一向不喜歡用**槍**，但丟掉狐格森的警章卻把槍留下來防身，顯示那人可能**對他不利**。

③ 在這種情況下他仍冒險赴會，顯示他對那人**有所求**，而這個「求」卻觸怒了那人。

④ 最後那人把皮里斯**殺死**，證明了這一點。

「啊！」海特上校**恍然大悟**，「這麼看來，皮里斯和那人的關係是**互相有求又互相對立**。」

「正是如此。」福爾摩斯說，「所以，我們只要查出他們雙方之間的『**求**』是什麼，就能破案了。」

「有辦法！」李大猩說，「我馬上回倫敦找那個黑道中介人**安妮・莫瑞森**，逼她說出誰委託她找人爆竊，然後再去拘捕那個委託人，相信就能查出那個『求』是什麼了！」

「且慢，安妮・莫瑞森可不是**省油的燈**，在無證無據下，她又怎會說出顧客的名字。」福爾摩斯說，「況且，黑道中介人的本錢是**信譽**，對她來說，保守顧客的秘密比什麼都重要。」

「那怎麼辦啊？」站在鐵柵後的狐格森擔心地說。

「**紙鎮**和**詩集**。」福爾摩斯**沒頭沒腦**地吐出一句。

「什麼？」眾人不明所以。

「他為什麼在**插贓嫁禍**時，不把紙鎮和詩集也放到狐格森房間的衣櫥去呢？」

「會不會是那個**象牙紙鎮**很值錢，他捨不得？」海特上校問。

「那麼**詩集**呢？一本

絕版的詩集不會太值錢吧？」福爾摩斯反問。

「難道他是個**雅賊**，喜歡看詩？」上校道。

「我知道皮里斯從不看書，不可能懂得欣賞**詩詞**。」狐格森說。

「那麼，他為什麼把它帶在身上赴會呢？」福爾摩斯問。

「唔……」眾人**苦思冥想**。

「嘿嘿嘿，你們都想不出來吧？」福爾摩斯狡點地一笑，「走吧！我們去**赫寧翰家**，在路上再告訴你們。」

「那我怎辦？」狐格森哭喪着臉問。

「你等着吧。」福爾摩斯說，「我們會為你帶來好消息。」

紙鎮與詩集

　　「我們不用乘馬車去嗎？」離開警局後，華生問。

　　「不能乘馬車。」福爾摩斯掏出胖子局長手繪的**地圖**說，「警局和門羅酒店的位置雖然不同，但兩者與赫寧翰家的**距離**也差不多，我們走路去的話，就可知道從門羅酒店到赫寧翰家是否需要**30分鐘**了。」

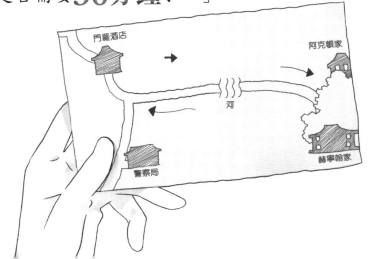

「原來如此。」海特上校佩服地說，「連這些細節都不放過，當私家偵探真的要非常細心呢。」

一行四人走着走着，很快就來到了一條小河的木橋旁。

「這裏大概就是兇手丟棄手槍的地方吧。」福爾摩斯看看手錶，「剛好走了15分鐘，如果兇手是狐格森的話，在時間上也很吻合，難怪胖子局長懷疑狐格森了。」

「狐格森真倒霉，連時間也對他不利。」李大猩憤憤不平地說：「但那個胖子局長真可惡，一點面子都不給我們。」

「不必痛恨他，他只是不喜歡我們挑戰他的權威罷了。」福爾摩斯一邊踏上木橋一邊說，「況且，他已提供了非常重要的線索給我

們。」

「是嗎？」李大猩跟在大偵探身後，緊張地
問，「是什麼線索？」

「皮里斯把象牙紙鎮和詩集帶在身上的
原因。」

「啊，對了，你剛才還沒告訴我們呢。」華生問，「究竟是什麼原因？」

「還想不通嗎？」福爾摩斯狡黠地一笑，「只要找出紙鎮和詩集上的**共通之處**，就可推論出原因了。」

「共通之處？」李大猩想了想，「我明白了，紙鎮和詩集都與**紙**有關，共通之處就是紙！」

「你的聯想力很好，可惜與紙無關。」福爾摩斯說，「胖子局長不是說過嗎？紙鎮上和詩集上都有**阿克頓先生**的名字呀。」

阿克頓先生的名字

「對，他確實說過這一點。」華生也記起來了，「原來你指的是這個**共通點**。」

共通點

「這又有什麼**含意**呢？」李大猩仍然不明白。

「含意嘛，用常理去推斷就行了。」福爾摩斯一頓，然後問道，「假設你把自己的**名字**寫在一本書上，你為的是什麼？」

「這還用問？當然是為了**證明**那本書是屬於我的啦。」李大猩說。

「那麼，如果華生**偷**走了那本書，然後把它帶去給海特上校，華生又是為了什麼？」福爾摩斯再問。

「唔……書是偷來的，而且還寫了我的名字，照常理，華生應該把書**藏**起來。」李大猩小心地推論，「可是，他卻沒這樣做，反而──」

「啊！我想通了。」海特上校打斷李大猩，「在這種情況下，華生是想把那本書交給我，而我並**不介意**那本書是從李大猩那兒**偷**來的。」

「沒錯，你說對了。」福爾摩斯說。

「這麼說來，皮里斯把**詩集**和**紙鎮**帶在身上，是為了把它們交給一個並不介意接收**賊贓**的人了。」華生推論。

「可是，不介意接收賊贓的人是誰呢？」李大猩問。

「嘿嘿嘿，答案不是很清楚嗎？」福爾摩斯狡黠地笑道，「皮里斯當然是要把東西交給他的**顧客**——那個叫他去阿克頓家爆竊的人啦，因為這個人肯定不會介意接收**賊贓**。」

「啊⋯⋯這樣說的話，皮里斯**約見**的人其實正是那個委託他犯案的**顧客**，而那個顧客也就是殺死他的**兇手**了！」李大猩恍然大悟。

「可是，那人既然僱用了皮里斯，為什麼又要把他殺死呢？」華生問。

「嘿嘿嘿，這還用問嗎？」李大猩信心十足地說，「那人殺掉皮里斯，為的是滅口！」

「唔……確有這個可能性。」華生說，「可是，還有一點叫我想不通，那人把皮里斯殺了，為什麼沒拿走紙鎮和詩集呢？那兩件東西不是他叫皮里斯去偷來的嗎？」

「問得好，這正是問題的重點！」福爾摩斯說，「看來有兩個可能性，一、兇手逃走時太匆忙，沒有時間取走紙鎮和詩集。二、兇手根本對這兩件東西不感興趣，沒想過要把它們拿走。」

「我認為第一個可能性最大。」李大猩說，
「兇手開槍殺人時**驚動**了赫寧翰家父子，必須
馬上逃走。」

福爾摩斯別有意味地一笑，
道：「我倒認為第二個可能性較
大。因為，取走**紙鎮**和**詩集**只
需花幾秒鐘，如果兇手對這兩件物品很着緊的
話，他又怎會**棄之不顧**？」

「可是，如果兇手對紙鎮和詩集
不感興趣，皮里斯為什麼又要把它們
帶給兇手？」海特上校問。

「很簡單，因為他要向兇手**展示證據**。」
福爾摩斯說。

「展示證據？什麼意思？」海特上校問。

「展示他曾經去過阿克頓家**爆竊**，紙鎮和

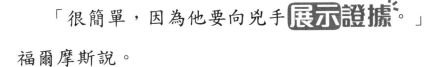

詩集上都有阿克頓先生的**名字**，這兩樣東西是有力的證據。」

「可是，他向兒手展示這些來幹嗎？」李大猩問。

「還不明白嗎？在古代，戰場上的士兵要割下敵軍的**首級**以作憑證，才能獲得**獎賞**。一個受僱於人的爆竊專家，如要領取酬金，也得證明自己曾經**執行任務**呀。」

「啊！」李大猩恍然大悟，「他是要向兒手——也即是他的顧客——**索取酬勞**！」

「原來如此。」華生說，「怪不得他要偷走紙鎮和詩集了，原來

物件本身並不重要，重要的是上面的**名字**！」

「沒錯。」福爾摩斯說，「不過，皮里斯也

很聰明，除了紙鎮和詩集外，還偷多三件沒有名字的東西，一來可當作煙幕，以掩飾自己的意圖，二來可以用它們來向狐格森插贓嫁禍。」

「這麼說的話⋯⋯」華生猛然醒悟，「皮里斯豈不是還沒有完成任務？他還沒拿到兇手要他偷的東西？」

「啊！」李大猩和海特上校不約而同地驚叫，不必福爾摩斯提醒，他們都猜到──皮里斯一定是沒偷到兇手（顧客）想要的東西卻又想索取酬金，結果在爭執之下被殺了。可是，那個兇手要偷的是什麼，他又是什麼人呢？

「不必瞎猜了。」福爾摩斯好像看透兩人的心思似的，「看，前面應該是赫寧翰家的大宅吧？兇手既然選擇在赫寧翰家的前院與皮里斯見面，整個案子一定與赫寧翰家有關！」

赫寧翰大宅

走了15分鐘左右，一行四人來到了一座巨宅的花園前面，只見花園只有及腰的**欄柵**圍着，陌生人要走進去也毫無困難。

「啊！那不就是──」李大猩指着距離十多米外的**石板路**，那裏還可以清晰地看到警方留下的**人形標記**。

福爾摩斯推開欄柵，**小心翼翼**地走近那個人形仔細地看了看，然後再

環視了一下四周，臉上露出別有意味的微笑。

華生知道老搭檔已有發現了，但整個前院空蕩蕩的，除了一條石板路通往巨宅的大門，和一條分岔路通往大宅左邊的側門之外，什麼也沒有呀，究竟福爾摩斯看到了什麼呢？

「你們看到樹林那邊的大宅嗎？」海特上校打斷了華生的思緒，他指着遠處說，「那就是阿克頓家的房子。」

「啊？這兩家人原來住得這麼近？」福爾摩斯大感興趣。

「住得近也易生摩擦，阿克頓家與赫寧翰家就是這樣，常常發生爭執，據說下星期還要對簿公堂呢。」海特上校說。

「什麼？」福爾摩斯眼前一亮，「他們為什麼而爭執？」

「那片樹林呀。」海特上校指着在阿克頓家和赫寧翰家之間一片茂密的樹林說，「兩家人都說對方霸佔了自己的樹林，互不相讓。」

「啊，會不會與這次的案件有關呢？」李大猩雖然笨，但多年的查案生涯讓他知道，人們為了爭奪土地和財產，常常會不惜犯法。

「不容**抹殺**這個可能性，但問題是怎樣找出證據證明兩家的爭執與**爆竊案**和**殺人案**有關。」福爾摩斯說。

就在這時，有兩個人從大宅步出，向福爾摩斯他們這邊走來。他們一個看來已60來歲，另一個看來只有30來歲。

「他們就是**赫寧翰父子**了，那個兒子叫亞歷。」海特上校低聲說，他雖然與這兩父子交情不深，但由於住在同一個小鎮，倒也互相認識。

說完，上校連忙趨前介紹：「赫寧翰先生，他

們都是從**蘇格蘭場**來的，這位是李探員，另外兩位是福爾摩斯先生和華生先生。」他為了省卻解釋的麻煩，故意沒說出福爾摩斯和華生的**真正身份**。

「啊，蘇格蘭場果然有效率，這麼快就派人來了。」赫寧翰老先生有點驚訝地說，「證實了那個**殺人犯**的身份了嗎？」

華生心想，這個小鎮真的沒有什麼秘密，狐格森自稱來自蘇格蘭場一事，看來已傳遍每個角落了。

「證實了，他們已**核實**了那位嫌疑犯的身份。」海特上校**避重就輕**地答道。

「哼！身為蘇格蘭場的警探居然殺人，實在太過分了。」站在赫寧翰老先生身邊的兒子亞歷輕蔑地說道。

華生瞥見李大猩刷地變得**怒容滿臉**，知道他快要發作了。不過，福爾摩斯已搶先一步，說：「就是嘛，我們已當面把他訓斥了一頓，這簡直就是警隊的**恥辱**啊。但為了**秉公辦理**，我們得仔細再調查一次，請問可以把昨晚的案發經過再說一遍嗎？」

「我們不是已向警察說了嗎？」亞歷不耐煩地說，「昨晚12點前後，我在**書房看書**，突然聽到一下槍聲，當往 窗外 望去時，見到一個人已倒在地上，另有一個人則沿着石板路飛奔而逃。」

「哦？是嗎？」福爾摩斯問，「那麼，屋裏的其他人呢？他們有聽到槍聲嗎？」

「我當時坐在客廳的沙發上**看晚報**，也聽到槍聲和看到一個人逃去。」赫寧翰老先生答道，「當時家裏除了我們兩父子外，沒有其他人。僕人們剛好**放假**，都不在。」

華生偷偷地**瞥**了福爾摩斯一眼，卻只見他

嘴角微微翹起，臉上還浮現出一絲冷笑。華生**赫然一驚**，他知道，老搭檔的這個表情是表示他已看出赫寧翰兩父子說話當中的**破綻**！

但是，破綻在哪裏？福爾摩斯究竟發現了什麼？華生想來想去，也想不出一個**頭緒**。

「對了，我們可以進屋裏看看嗎？」福爾摩斯問。

「可以呀。」赫寧翰老先生爽快地答道。說完，他領眾人沿着石板路走進了大宅的**客廳**。

一踏進客廳，福爾摩斯不經意地環視了一下

四周，指着一張沙發問：「赫寧翰先生，昨晚你是坐在這張沙發上聽到槍聲的嗎？」

「是的，我聽到了槍聲，往外看去，就看到一個人已倒在地上，另一個人飛奔逃去。」赫寧翰老先生指着一個偌大的玻璃窗說。

眾人往窗外望去，果然，通過那扇玻璃窗可以清楚地看到前院，連石板路上那個**人形標記**也**清晰可見**。

福爾摩斯走到窗前，他凝視着玻璃窗，仔細地看完又看。

那是一扇密封的大**玻璃窗**，不可以打開。但左右兩邊各有一扇小窗，可以打開通風。

看完後，福爾摩斯轉過頭來，走近客廳的壁爐問道：「昨晚比較冷，你有**生火取暖**嗎？」

「有呀。」赫寧翰老先生說，「我昨天睡晚了，一直在看晚報。」

福爾摩斯想了一下，轉向老先生的兒子亞歷問：「你的**書房**也可以看到前院吧？」

「我的書房和客廳並排，當然也可以看到前院。」亞歷冷冷地答道。

85

「可以讓我看看嗎？」

「真麻煩，要看多少次才完事啊。」亞歷雖然嘴裏不滿地嘀咕，但也領着眾人走到隔壁的書房。

果然，書房的玻璃窗也正對着前院，可以看到石板路上的人形標記。無獨有偶，中間的那扇玻璃窗和客廳那扇一樣，也是密封式的窗戶，不能打開。在玻璃窗反方向的另一邊，也有一個壁爐。

「怎樣？看夠了嗎？」亞歷不客氣地說。

「對不起，已看夠了。」福爾摩斯道，「不過，我們回客廳吧，還有一些手續要做。」

眾人回到客廳還未坐下，福爾摩斯就向赫寧翰老先生提議：「由於**嫌疑犯**是蘇格蘭場的人，我們必須做足**程序**，否則上頭又派另一隊人來重新調查，再次打擾你們就不好了。」

「還有什麼程序？我們可以儘量配合，最重要的是查清楚，快點把殺人犯**繩之以法**。」赫寧翰老先生說。

「非常感謝你的合作。」福爾摩斯說，「我建議在本鎮當眼的地方貼一些**告示**，懸賞50鎊，看看還有沒有目擊

證人願意作證，如果沒有，我們就可以讓本地警方**起訴**疑犯，再由法庭**開庭**審理案件了。」

赫寧翰老先生想也不想就爽快地說：「50鎊嗎？好呀，兇案發生在我家前院，我有責任協助抓到兇手，就由我來出吧。」

「太好了，借我一張紙，我馬上**草擬/告示**。」福爾摩斯向老先生借來一張白紙，不消兩分鐘就草擬好了告示的**文句**。

「你可以在上面簽名作實嗎？」福爾摩斯遞上告示草案。

「當然可以。」老先生接過告示，正想簽名時，卻止住了。

「唔……」老先生指着紙上的一個錯處說，「你描述案發的時間錯了，這句『*at about one o'clock on Tuesday morning*』不對，案發時間應該是深夜**12點**左右。」

「啊，對不起。」福爾摩斯連忙道歉，「你可以幫我改一改嗎？」

「好呀。」赫寧翰老先生提筆**更正**，簽名後把紙張交還。

福爾摩斯接過紙張後，不經意地**瞥**了一眼，就在那**電光石火**的一瞬間，他雙頰的肌肉微微地閃過一下**痙攣**。華生看在眼裏，他知道福爾摩斯已從那張告示草案上發現了一些重大的**秘密**，但那究竟是什麼？

與兇案又有什麼關係呢？

福爾摩斯把告示草案交給李大猩，道：「叫警局**謄寫**幾份，在人多的地方貼出來吧。」

李大猩雖然摸不着頭腦，但知道大偵探這樣做必有原因，只好答道：「好吧。」

這時，一個僕人端來了一些茶點，剛好經過華生身邊，福爾摩斯暗地裏突然**使勁**，把華生一推，撞向那個僕人。

「**乒乒乓乓**」的一陣杯碟墮地之聲響起，僕人托盤上的杯碟和曲奇餅掉滿了一地，被打翻了的咖啡更把地板都濺濕了。

「哎呀！華生，你太不小心了！」福爾摩斯**裝模作樣**地叱責。

眾人責備的目光都落在華生身上，可憐的他**百辭莫辯**，因為他總不能指證福爾摩斯才是打翻茶點的「**罪魁禍首**」呀。

91

「算了，華生最近工作太疲累了，可能有點腳步浮浮，請大家原諒他。」福爾摩斯**裝傻扮懵**地說，「我們一起收拾吧。」

聽到這番**胡言亂語**，華生實在按捺不住了，正想反駁時，卻看到老搭檔向他使了個**眼色**。

「哦？難道他另有目的？」華生心想，只好把反駁吞回肚子裏。

福爾摩斯和那僕人率先蹲下，眾人見狀也紛紛蹲下來收拾地上的**殘局**。

快要收拾好時，亞歷抬起頭來說：「唔？福爾摩斯先生呢？」

華生等人往四周看了看，這才發覺福爾摩斯不知什麼時候已消失了。

「呀！」亞歷突然叫道，「豈有此理！那傢伙**使詐**！」說着，他猛地一躍而起，奔往書

房。赫寧翰老先生見狀，

也三步併作兩步地跟着跑

去。

華生等人還未回過神來，已

聽到一陣慘叫傳來。

「哇呀！救命呀！」

「是福爾摩斯的叫聲！」華生叫道。

「書房！」李大猩話音未落，已拔腿就

奔。

破紙片的秘密

　　華生和海特上校連忙跟上，三人一衝進書房，已看到亞歷騎在福爾摩斯身上，雙手用力地捏着他的**脖子**，赫寧翰老先生則抓着他的左手，似要搶奪他手上的一張**紙**。

　　李大猩馬上掏出**手槍**大喝：「住手，否則我要開槍了！」

　　赫寧翰兩父子聽到喝聲，才赫然回過神來，慌忙鬆開了手。福爾摩斯馬上推開亞歷，一個翻身掙脫了兩人的**魔掌**，氣喘吁吁地站起來，但仍不忘幽默地說：「我堂堂一個大偵探居然被人按在地上**動彈**不得，實在太沒面子了。要不是**大病剛癒**，體力還未恢復，一定不會出這種洋相。」

　　「究竟是什麼一回事？」李大猩問。

　　「對、對、對，究竟怎麼了？為什麼這樣對待福爾摩斯先生？」海特上校向赫寧翰兩父子**嚴詞質問**。

　　可是，兩父子沒有回答，只是以憤怒的眼神

狠狠地盯着我們的大偵探。

「嘿嘿嘿……」福爾摩斯摸一摸頸上的**掐痕**，舉起手上的紙說，「還不明白嗎？他們是想搶走我找到的**證據**。」

「證據？什麼證據？」李大猩大感詫異。

「這張被撕破了一角的**字條**。」福爾摩斯把字條遞給李大猩。

李大猩接過一看，只見上面寫着：

If you will only come round
to the east gate you will
will very much surprise you and
be of the greatest service to you and also
to Annie Morrison. But say nothing to anyone
upon the matter

If you will only come round
to the east gate you will
will very much surprise you and
be of the greatest service to you and also
to Annie Morrison. But say nothing to anyone
upon the matter

「哦，這不就是……」李大猩連忙掏出胖子局長交給他的那一角**破紙片**，把它併到字條的**缺口**上。

「果然**吻合**，這是兇手從死者皮里斯手上奪去的字條！」李大猩興奮地道。

「這張字條是從哪裏找來的？」華生問。

「嘿嘿嘿，你們沒看到嗎？」福爾摩斯狡點地一笑，指着掛在衣架上的一件**外套**說，「第一次進來這個書房時，我已看到外套的口袋裏露出了這張字條的**一角**＊。」

＊請參看第86頁。

「那外套……難道兇手是……」海特上校以詫異的目光投向赫寧翰兩父子。

「沒錯。」福爾摩斯猛地向亞歷一指，「**兇手不是別人，就是他！**」

「啊……」華生終於明白福爾摩斯剛才為什麼要令自己把僕人手上的托盤打翻了。他是為

了引開大家的注意，
趁機竄進書房，取出
外套口袋裏的字
條，看看上面寫
了些什麼。

這時，亞歷突然**發難**，拔出手槍要向福爾摩斯射去，但說時遲那時快，李大猩已舉起左手**一劈**，砍掉了亞歷

的手槍，然後連消帶打，再來一記**猿臂穿心**，把他那粗壯有力的右肘撞到亞歷的胸口上。

「**嗚**」的一聲悶響傳來，亞歷腰腿一軟，「**嘭**」的一下倒在地上，昏了過去。赫寧翰老先生嚇得面無人色，如**木雞**般呆立當場。

「這個亞歷就是兇手嗎？真叫人意外啊，

怎會這樣的呢？」李大猩出手雖快，但腦袋卻慢，還未弄清楚箇中的*來龍去脈*。

「其實一點也不意外，我一早就知道他們兩父子*說謊*了。」福爾摩斯狡黠地一笑。

「啊！你是什麼時候知道的？」海特上校問。

「在前院聽他們描述案情時，已百分之百肯定他們說謊。不過，今早你的僕人向你報告案情時，就已引起我的**懷疑**了。」

「是嗎？我的僕人說過什麼？」海特上校摸不着頭腦。

「你的僕人說亞歷**在書房看書時聽到槍聲**，然後又看到一個人在前院逃走，這段說話一聽就知道**不對勁**啊。」福爾摩斯說，「剛才在前院看了看，馬上證實了我的懷疑沒錯。」

李大猩性急地問：「究竟是什麼不對勁？」

「嘿嘿嘿，昨晚我和華生抵達海特上校家時，**月色甚差**，連周圍的景物都看不見。一個人坐在室內**看書**，又用壁爐**生火取暖**，前院沒有燈，怎可能看到外面有人逃走呢？」福爾摩斯**一語道破**箇中秘密。

「哦！我明白了。」華生恍然大悟，「他們說聽到槍聲時正在看書和看報，就證明室內**亮着燈**，而壁爐的火光也該很**明亮**，外面漆黑一片的話，是不能看到有人逃去的。」

「啊！」海特上校也明白了，「在那個情況下，**玻璃窗只會映照到室內的景物，**根本無法看到外面。」

「對！」福爾摩斯指着玻璃窗道，「亞歷在玻璃上只會看到兇手——也就是他自己——的**倒影！**」

「原來如此。」李大猩終於明白了。

福爾摩斯滿意地點點頭，道：「不僅如此，我看到破紙片上的**殘缺句子**後，就更認為他們兩父子非常可疑了。」

「為什麼？」李大猩問。

「因為，紙上的句子出自兩個人的**手筆**，而且字跡相似，應有**近親關係**。」

「什麼？」李大猩不敢相信地問，「你怎樣看出來的？」

「嘿嘿嘿，那個你很討厭的胖子局長早已點出問題所在了，可惜他的推論卻太過**粗疏**，以為那是狐格森為了掩飾字跡的手法。」福爾摩斯分析道，「其實『*at quarter to twelve*』的『*at*』與『*to*』之間太過狹窄，『*quarter*』一字好像被迫擠在中間的寫法，並不是寫字者為

了掩飾字跡，而是因為『*quarter*』是後加上去的。這說明有人先寫了『*at*』和『*to*』，然後讓另一個人在留空的位置上加上『*quarter*』一字。」

「原來如此，但為什麼要這樣做呢？」華生不解地問。

「因為他們父子兩人**互不信任**呀。」福爾摩斯說着，轉頭望向老赫寧翰問，「是嗎？」

老赫寧翰看着福爾摩斯，正想回答之際——

「是爸爸指使的！」

本來昏倒了的亞歷已甦醒過來，他慌忙站起來搶着回答。

聞言，老赫寧翰瞪大了眼睛，

以**不敢置信**似的眼神看着自己的兒子。

「爸爸,事到如今,你還是認了吧!」亞歷狠狠地**盯**着自己的父親。

「你……!」老赫寧翰看着亞歷,臉色已變得**慘白**。

「是我爸爸,我爸爸就是殺死皮里斯的兇手!」亞歷對福爾摩斯等人說,「我們約了皮里斯在前院見面,但那傢伙突然拔出手槍**要脅**,爸爸在混亂中奪去手槍,並把他打死了。」

「赫寧翰先生,亞歷說的都是真話?」福爾摩斯盯着**面無人色**的老先生問道。

「**當然是真的!**」亞歷搶着回答。

「現在不是問你，是問你老爸！」李大猩喝罵。

「爸爸，你實話實說，告訴他們，兇手就是你吧！」亞歷向自己的父親**步步進逼**。

老赫寧翰茫然地看了看自己的兒子，然後垂下頭來，~~悲痛欲絕~~地喃喃自語：

「是的……皮里斯是我開槍打死的……是我開槍打死的……」

「聽到了吧？兇手是我老爸。」亞歷興奮地說，「我只是搶走字條，但人不是我殺的！」

「嘿嘿嘿……」福爾摩斯發出幾下叫人心寒的冷笑，然後突然指着亞歷厲聲喝道，「不！人正是你殺

的！**這張字條就是證據！**」

「你胡說！我沒有殺人！」亞歷慌張地衝前，向福爾摩斯嚷道。

李大猩連忙舉槍喝止：「站在那裏別動！」

我們的大偵探沒理會亞歷的叫嚷，**不慌不忙**地把兩張破紙片**合併**起來，並說：「這張

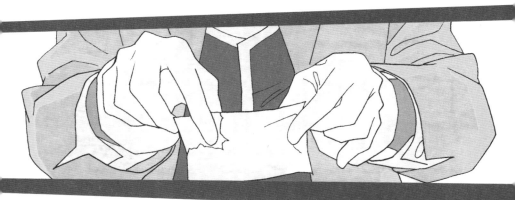

字條證明，亞歷先寫好了自己的部分，然後把

留空未寫的部分交給赫寧翰老先生再填上。」

說着，他用鉛筆圈出老赫寧翰寫的部分。

If you will only come round at quarter to twelve to the east gate you will learn what will very much surprise you and may be of the greatest service to you and also to Annie Morrison. But say nothing to anyone upon the matter

（倘若你在11時45分到東門來，你會得到莫大的驚喜，也會令你和安妮‧莫瑞森收穫甚豐。但此事請勿張揚。）

「看，圈起來的字是赫寧翰老先生寫的，因為年紀大的人寫字的**力度**　　　，字跡的**墨色**也較淡，用放大鏡就能看得出來。」

福爾摩斯分析道，「亞歷這樣做，是為了要與老爸互相捆綁在一起，保證一起承擔殺人的後果。」

「啊，我明白了。」華生恍然大悟，「先寫字條的人，就是整個殺人事件的策劃者，而後寫的人，只是被動的幫兇。」

「是這樣嗎？」李大猩向老赫寧翰問道。

「不對，不是這樣！」亞歷仍然企圖爭辯。

「住口！」李大猩舉槍罵道，「你想我再把你打暈嗎？」

亞歷被這麼一嚇，就退到一旁，不敢吭聲了。但老赫寧翰只是沮喪地低着頭，對華生的推論沒有承認，也沒有否認。

眾人僵持了一會兒，海特上校忽然想起什

麼似的，問道：「福爾摩斯先生，你雖然發現字條是兩個人寫的，但怎能肯定就是他們兩父子呢？」

「問得好，我最初也不敢百分之百地肯定。不過，我做了個小實驗，讓赫寧翰老先生親手給我招認了。」福爾摩斯神秘地一笑。

「哎呀，我知道了！」李大猩拍一拍自己的腦袋，「你草擬那張懸賞告示時，故意寫錯案發時間，然後讓這老頭兒把『one』

更正為『*twelve*』，看看與破紙片上的那個『*twelve*』是否出自同一人的手筆。」

「沒錯，小實驗證實破紙片上的『*twelve*』是赫寧翰老先生寫的，那麼，餘下的另一個人是誰呢？當然是他的兒子亞歷了。」

海特上校接着說：「此外，當我們視察這間書房時，你看到那外衣口袋中露出的**紙角**，馬上心生懷疑，於是，在離開之後，又**借意**走回來掏出字條細看。是嗎？」

「正是。我看完字條時，他們兩父子已追過來了。」福爾摩斯道，「之後的事，不用多說，大家已很清楚了。」

「可是，他們兩父子為什麼要**引誘**皮里斯到這裏，然後把他殺掉呢？」李大猩道出大家心中的**疑問**。

福爾摩斯轉向老赫寧翰問道：「這和阿克頓家的盜竊案有關，對嗎？」

老赫寧翰瞪大了眼睛抬起頭來，似乎對大偵探的*料事如神*感到非常驚訝，他這個表情也證實了大偵探的推論正確無誤。

「海特上校，你不是說過阿克頓家和赫寧翰家正為土地問題打官司嗎？很明顯，闖進阿克頓家爆竊的皮里斯要偷的不是錢，而是對赫寧翰家不利的法律文件。」福爾摩斯說。

「真的？」李大猩望向老赫寧翰。老赫寧翰無奈地點點頭，又證實了福爾摩斯的推論。

「但很可惜，皮里斯沒偷到那些文件，於是，他就偷走了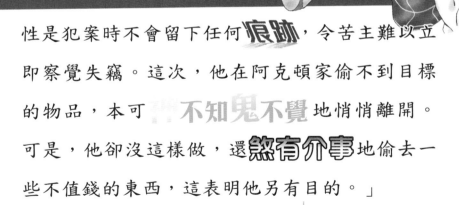紙鎮和詩集，並向赫寧翰兩父子進行勒索。」福爾摩斯說，「皮里斯是爆竊專家，這種高手的特

性是犯案時不會留下任何痕跡，令苦主難以立即察覺失竊。這次，他在阿克頓家偷不到目標的物品，本可神不知鬼不覺地悄悄離開。可是，他卻沒這樣做，還煞有介事地偷去一些不值錢的東西，這表明他另有目的。」

「所以你想到他的目的是勒索？」華生問。

「沒錯，皮里斯故意把事情鬧大，引起警方

的注意，是為了**恐嚇**他們兩父子。」福爾摩斯說，「顯然，這個效果達到了，可惜的是也**害死**了他自己。」

「是不是這樣？」李大猩向老赫寧翰喝問。

「是的！事情的經過就是那樣。」亞歷又搶着說，「但是，我約皮里斯來只是想與他談判，我沒想到老爸竟然搶槍殺人，他失去了理智，他簡直就是**喪心病狂**！我沒有這樣的爸爸，他是個冷血的殺人兇手！你們拘捕他吧！」

聽着兒子的無情指控，老赫寧翰激動得全身**顫抖**，臉上閃現着憤怒，又閃現着悲傷，兩眼更**眶滿**了淚水。

　　突然，他用手袖猛地一抹，抹去了臉上的眼淚，並向兒子大喝：「豈有此理，你這個**忤逆不孝**的畜生，我本來想為你頂罪的，但你竟然罵我**喪心病狂**，還罵我是個冷血的殺人兇手，我受夠了！」

「爸爸，你想幹什麼？」亞歷緊張萬分地說，「你是兇手，你得承認自己是兇手！難道你想把我送上斷頭台嗎？」

　　　「哼！我的心已死了，我沒有你這樣的兒子，我會把真相全部說出來！」

　　　「你別亂說！你是父親，你得保護自己的兒子！這是父親的責任──」

　　「嗚」的一聲呻吟傳來，原來亞歷又中了一記李大猩的穿心拳，他雙腿一軟，「嘭」的一下倒在地上，又昏過去了。

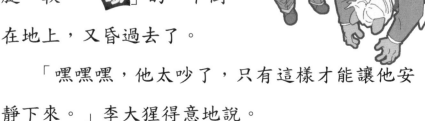

　　「嘿嘿嘿，他太吵了，只有這樣才能讓他安靜下來。」李大猩得意地說。

「好了，現在沒有人會打斷你的說話，你繼續說吧。」福爾摩斯道。

「好的，你剛才說的都是**事實**。」老赫寧翰點點頭，坦白地答道，「本來，皮里斯要在約好的時間把**文件**交給我們的信差雷丁，可是，皮里斯卻對雷丁說在阿克頓家的書房中找不到文件，還說我們提供的**情報**有錯，偷不到文件與他無關。」

「所以，你們不肯付錢？」福爾摩斯問。

「我們不知道他是否真的執行了**任務**，當然不肯付錢。」老赫寧翰說，「但他似乎早有準備，說手上有**東西**可以證明他去過阿克頓家的書房。」

「之後，你們就引他來到這裏，然後把他殺

掉？」李大猩問。

「那是亞歷的主意，他說皮里斯這種人**貪得無厭**，這次付了錢，說不準把錢花光後，又會跑來勒索。為除**後患**，只能把他殺死。」

海特上校歎了一口氣道：「你該阻止亞歷，而不是與他一起殺人呀。」

「起初我是反對的，亞歷見我不同意，就**退而求其次**，說約皮里斯來談談，希望支付500鎊酬金來了結這件事。」老赫寧翰懊悔地

道，「不過，他要我**合寫**一張字條給皮里斯，我不以為意，以為這樣做是為了用兩種字跡來**掩飾身份**，萬一字條落入他人手中也不怕。可是，後來我才知道……」說到這裏，他忽然**嗚咽**起來，不能再說下去了。

「我明白了。」福爾摩斯道,「亞歷其實並沒有改變主意,他要你合寫一張字條,是要令你成為**共犯**,當他殺死皮里斯後,你就不得不與他一起**隱瞞**殺人的真相。」

華生想了想,道:「難怪亞歷沒有立即把字條**銷毀**了,因為他並不相信自己的父親,只要保存字條,父親就不得不與他站在**同一陣線**上。」

「是的。」老赫寧翰情緒平復過來後,緩緩地說,「他在前院把皮里斯殺死後,強迫我一起作**假口供**,說什麼透過窗口看到兇手逃走,都是他叫我說的。他是我的親生兒子,我也不想把他送上斷頭台,就答應了。」

「可是，皮里斯為什麼會被自己的手槍打死呢？」福爾摩斯問。

「那個皮里斯似乎也不信任我們，他來到前院時，早已握着手槍了。但亞歷學過搏擊，趁他稍一鬆懈就馬上奪過手槍，並一槍就把他打死了。」老赫寧翰說，「亞歷事後還對我說，不必用自己的手槍更好，這樣的話，就更難證明我們是兇手了。」

「然後，他怎樣處理那把手槍？」福爾摩斯明知故問。當然，華生知道，這是測試老赫寧翰有沒有說謊的手法。

「他說為免警方生疑，自己必須馬上報警，還可順便把手槍丟到河裏去。」老赫寧翰如實答道。

「嘿嘿嘿，果然如此。」福爾摩斯向李大

猩他們說，「胖子局長說亞歷**走路**到警局報警時，我已覺得奇怪，因為他這種大戶人家一定有**馬車**，沒理由棄車不用呀。後來，我知道警方在河中找到手槍後，就推測可能與亞歷有關了。」

「我明白了。」李大猩說，「駕馬車去報警的話，**目標太大**，丟棄手槍時容易被人看見和引起懷疑，所以他寧願走路。」

「沒錯，就是如此。」福爾摩斯說。

「太厲害了！」海特上校讚歎，「我完全沒注意到這些**細節**啊。」

「嘿嘿嘿，沒什麼了不起，只要細心聽和小心觀察，再加以合乎邏輯的分析，就能找出**箇中破綻**，僅此而已。」福爾摩斯笑道。

水落石出

一切已 **水落石出**，福爾摩斯一行四人把赫寧翰兩父子押到警局去，交給了胖子局長。

胖子局長一下子還弄不清楚究竟發生了什麼事，但聽着大偵探說出拘捕的經過時，他的臉

色由黃變青，由青變白，當聽到最後一句「事情就是這樣了」之後，他已 **臉如死灰** 了。

「啊⋯⋯原來⋯⋯是這樣嗎？」他似乎已意識到自己闖下**大禍**了。

「啊⋯⋯原來⋯⋯是這樣嗎？」李大猩把鼻子湊到局長面前，故意**嬉皮笑臉**地學着說。

「哈⋯⋯哈⋯⋯哈⋯⋯」胖子局長勉強地擠出笑容，**期期艾艾**地說，「一⋯⋯一場誤會⋯⋯罷了，哈⋯⋯哈⋯⋯原來只是一場誤會，大家不要放在心上，哈⋯⋯哈⋯⋯哈⋯⋯」

「**哈你個屁！**」李大猩突然放聲大罵，「竟敢**冤枉**我們蘇格蘭場的人，你死定了！」

「不⋯⋯不⋯⋯不⋯⋯」胖子局長被嚇得嘻震唇顫，「只是⋯⋯一場誤會，我們辦事太魯莽了，沒你們倫敦來的精明，今後一定要向你們多多學習、多多學習。」

「哼！你學得了嗎？你懂個屁！現在才知道我的厲害吧？竟敢在老子面前撒野！簡直就是土包子不知天高地厚，以為我們蘇格蘭場的人都是吃素的！」李大猩連珠砲發地罵，「還呆在這裏幹嗎？還不放人？」

「啊⋯⋯是的、是的，馬上放人、馬上放人。」胖子局長被罵得屁滾尿流，馬上抬起自己的大肚子，慌忙跑去放人了。

　　福爾摩斯、華生和海特上校在旁看了，雖然覺得李大猩那副**裝腔作勢**、**得勢不饒人**的樣子實在可惡，但也忍俊不禁地笑了。

　　不一刻，狐格森已來到眾人面前。

　　「謝謝你們！謝謝你們的幫忙！」狐格森得悉自己已脫罪，激動得**感激流涕**。

　　「哼！專門給我添麻煩，與你這種搭檔一起**真倒霉**。」李大猩別過臉去，故意裝出生氣的樣子。

　　「什麼？你怎可以這樣說？」狐格森知道自己已脫險了，也就不賣賬地**反駁**，「搭檔不是應該互相幫助嗎？」

　　「什麼互相幫助？每次都是我幫你，你哪有

幫過我？」李大猩罵道。

　　狐格森想一想，**頓時語塞**，他確實想不起自己什麼地方幫過李大猩。

　　「嘿嘿嘿，我沒說錯吧？」李大猩更得意了。

　　狐格森氣得漲紅了臉，**有理沒理**地反擊：「哼！每次都是福爾摩斯先生的**功勞**，你只是在人家屁股後面走來走去罷了，別**自以為是**！」

　　「什麼？你這**忘恩負義**的傢伙，竟敢這樣說！」李大猩真的生氣了。

　　「我就是喜歡這樣說！」狐格森並不相讓。

　　「豈有此理！以後我不會再救你！」

「隨便你，我才不用你救！」

福爾摩斯見**勢色不對**，悄悄地對華生和海特上校說：「他們兩個快要**開戰**了，為免**殃及池魚**，我們還是快點走吧。」

說完，福爾摩斯、華生和海特上校**三步併作兩步**，像逃似的離開了警局。

「他們兩人不會打起來吧？」海特上校擔心地問。

「哈哈哈，不必擔憂。」福爾摩斯笑道，「這對活寶貝就是喜歡**爭風頭**和**鬥嘴**，其實內心都很關心對方，過一會就沒事了。」

「對，我反而比較擔心赫寧翰老先生呢，兒子犯下殺人罪已夠他傷心了，還遭到兒子的**誣告**，簡直就是雙重打擊啊。」華生搖頭歎息。

「是啊，他一定**傷心欲絕**了。」福爾摩斯

也深深地歎了一口氣，「此後，他還要在法庭上**指證**自己的兒子，這對一個父親來說，比自己被判死刑還要難受啊。」說到這裏，三人都陷入了一股沉重的寂靜之中，默默地前行。

不一刻，海特上校才有點歉意地打破沉默：「說起來，這次把你拖進這個案子中，破壞了你的休假，真對不起呢。但對我來說，可真是**眼界大開**啊！」

「不要客氣。」福爾摩斯也抖擻一下精神，彷彿要把心中的**鬱悶**甩掉似的，「其實我要感謝你呢！我查完這個案子後，現在已精神多了，本來**遲鈍不堪**的腦袋，又充滿力量了！」

說完，大偵探哇哈哈地大笑起來，逗得上校和華生也開懷大笑，把悶氣**一掃而空**！

科學小知識

【光的反射】

為什麼室內光而室外黑，通過玻璃窗往外看時，只看到映照在玻璃窗上的室內景物，而看不到室外的景物呢？其實，這與光的反射有關。

當光線照射到物體上，再反射到我們的眼球時，我們才能看到那個物體。所以，當室外有充足光線時，光就會照射到室外的景物上，再反射到我們的眼球上，我們就能看到室外的景物了。

可是，如果室外漆黑一片的話，室外的景物根本沒有光線可以反射，我們當然不可能看到室外的景物了。此外，在這個情況下，如果室內開着燈，有充足光線的話，照射在室內景物上的光線會反射到玻璃窗上，而由於玻璃的反射能力強，馬上又會把反射在玻璃上的光線再反射到我們的眼球上，讓我們看到映照在玻璃窗上的倒影了。

所以，本故事中的赫寧翰父子說透過玻璃窗看到兇手在漆黑一片的前院殺人後逃去，福爾摩斯一聽就知道他們是說謊了。因為，他們只會看到反射在玻璃窗上的室內景物，不可能看到室外的兇手。

日間
前院景色

夜間
倒影

室內光線反射到眼球上。由於沒有室外光線的干擾，室內的人可以清楚看到室內景物的倒影。

室內光線雖然也會反射到眼球上，但眼球受到室外射入的強光干擾，較難看清室內的反射。

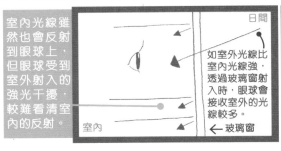

日間
如室外光線比室內光線強，透過玻璃窗射入時，眼球會接收室外的光線較多。
室內
← 玻璃窗

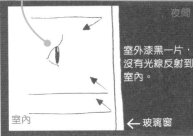

夜間
室外漆黑一片，沒有光線反射到室內。
室內
← 玻璃窗

【筆跡鑑定】

據說在古羅馬開國君主奧古斯都的時代,為了防止偽造文書,已有筆跡鑑定的做法。發展到現在,它已變成科學鑑證的一種。在香港轟動一時的已故女富豪爭產案,影響法院裁決的其中一個關鍵,就是遺囑上的筆跡鑑定結果。

筆跡主要由「運筆狀態」、「筆畫形態」和「筆畫結構」等三個部分組成。「運筆狀態」是看書寫時運筆的力度、速度和流動狀態。「筆畫形態」是看筆跡的點與線,以及起筆、轉筆和收筆的部分等等。「筆畫結構」是看書寫者如何組合偏旁寫成一個字,如中文字分左右(如「線」字分「糸」和「泉」)、上下(「羅」字分「罒」和「維」)、內外(「國」字分「囗」和「或」)等不同的組合,兩者的均衡和間隙都可判斷筆跡。

此外,如果書寫者的筆順不按常規,也很易為人辨認。一般來說,書寫者的第二筆比第一筆重要,因為第一筆容易模仿,但第二筆牽涉運筆,要模仿就不容易了,到第三筆和第四筆則更易凸顯書寫者的個性,要模仿得一模一樣非常困難。

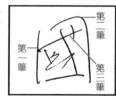

筆跡鑑定除了鑑定每個字的寫法外,還要鑑定整句句子的寫法,因為字與字之間的間隔和均衡,甚至標點符號的寫法都會凸顯書寫的特徵,所以筆跡鑑定不能只看一兩個字,還要看整句句子甚至一段文章,才能作出最精確的判斷。

冤獄①

冤枉呀！我沒有爆竊！

鬼才信你！

我沒說謊。

如何證明？

我有不在現場證據！

真的？

因為我當時正在打劫銀行呀！

冤獄②

怎樣才可減少冤獄？

提高警察的實力！

加強警察的裝備！

裁減一半警察吧。

？

少了警察抓人，冤獄就自然減少啦。

福爾摩斯神奇小魔術

V神奇的串連！

你把不同的線索串連起來，終於救了狐格森呢。

對，不如我們這次玩一個串連的小魔術吧。

1

先在一張一百元紙幣上，圈上一條橡筋。

2

然後把紙幣摺成Z形，但不要摺至有摺痕。

3

在紙幣上夾上兩個萬字夾，要注意夾的位置及萬字夾的方向。

輕輕地往左右拉直紙幣，兩個萬字夾就會互相串連在一起，吊在橡筋上了。

魔術解謎 當拉直一百元紙幣時，兩個萬字夾會向中間聚攏，前面的那個會套在橡筋上，而後面那個就會套在前面的萬字夾上了。只要萬字夾的方向正確，再練習多幾次，你就可以在家人和朋友面前表演了！

大偵探福爾摩斯
兇手的倒影
㉘

原著 / 柯南·道爾
（本書根據柯南·道爾之《The Reigate Puzzle》改編而成。）

改編&監製 / 厲河　繪畫&構圖編排 / 余遠鍠

繪畫（造景）/ 李少棠　造景協力 / 周嘉詠

封面設計 / 陳沃龍　內文設計 / 麥國龍　編輯 / 盧冠麟、郭天寶

出版
匯識教育有限公司
香港柴灣祥利街9號祥利工業大廈2樓A室

承印
天虹印刷有限公司
香港九龍新蒲崗大有街26-28號3-4樓

發行
同德書報有限公司
九龍官塘大業街34號楊耀松（第五）工業大廈地下
電話：(852)3551 3388　　傳真：(852)3551 3300

第一次印刷發行　　　　　　　　　　　　　　　2015年2月
第九次印刷發行　　　　　　　　　　　　　　　2021年10月

想看《大偵探福爾摩斯》的
最新消息或發表你的意見，
請登入以下facebook專頁網址。
www.facebook.com/great.holmes

ISBN:978-988-77860-7-8
港幣定價 HK$60
台幣定價 NT$300

若發現本書缺頁或破損，
請致電25158787與本社聯絡。

網上選購方便快捷　　購滿$100郵費全免
詳情請登網址 www.rightman.net